NOELS

ET

CANTIQUES

NOUVEAUX

SUR LA NAISSANCE DE NOTRE-SEIGNEUR JÉSUS-CHRIST.

NANCY,

GRIMBLOT, THOMAS ET RAYBOIS,

IMPRIMEURS-LIBRAIRES DE L'ÉVÊCHÉ.

PLACE STANISLAS, 7, ET RUE SAINT-DIZIER, 127.

1839.

NANCY, IMPRIMERIE DE THOMAS ET Cie.

NOELS

ET

CANTIQUES NOUVEAUX

Sur la naissance de N.-S. Jésus-Christ.

DIALOGUE entre les Rois et les Bergers, en langue Française et en patois lorrain, *sur l'air*: Je conterai, etc.

Les Bergers.

Jasu, ja la cuche tansi,   bis.
  La pute gens que vaci, qui nous éproche,
Pernez terto vos guillots,
Et je penra me soche.

Les Rois.

  Nous sommes trois Rois d'Orient,   *bis.*
Qui venons d'un cœur riant, dans la Judée,
Pour adorer l'Enfançon,
Qu'avons eu en idée.

Les Bergers.

  Vous lie troubla le repou,   *bis.*
Val in chier qui me fa pou, da les épales,
L'et bi le co d'ine gen,
Ma let tête d'in More.

Les Rois.

  Ne vous étonnez de rien,   *bis.*
Car c'est un Ethiopien, qui ne recherche
Que l'adorer à genoux,
L'Enfant dedans la Crêche.

Les Bergers.

  Morda, vo ni entrero pas,   *bis.*
Vo veni mangie lou soupa qu'on l'y épotte

Oss inlét qui fa veni ,
Quand on n'y vot pu gotte.

Les Rois.

Encore qu'il soit noir nuit ,   *bis.*
Nous voyons que tout reluit dans cette Etable ,
Permettez-nous d'y entrer ,
Pour servir à sa table.

Les Bergers.

Veni vo dites mou bin ,   *bis.*
Tant lou so que lou metin devan l'ourore ,
So let mère de clata ,
Que le soula adore.

Les Rois.

Préparons donc nos présents   *bis.*
D'or, de myrrhe aussi d'encens , avant l'entrée ,
Pour adorer l'Enfançon
Et la belle accouchée.

Les Bergers.

Lou fon, l'entrein so son or ,   *bis.*
Let poreté sou trésor , et n'en vut d'aute ,
Valet se pore mageon ,
Que va meu que le vote.

Les Rois.

Bergers, ne méprisez point   *bis.*
Ceux dont Dieu veut prendre soin, voilà l'étoile
Qui nous a dit de sa part
Cette bonne nouvelle.

Les Bergers.

Qui osse ce peu chabrouilli ?   *bis.*
O-t-il de let compégnie ? qu'il se recare ,
Il fera pou et l'Ofant ,
Evou se rewatur.

Les Rois.

Bergers, ne savez-vous pas,   *bis.*
Qu'il est descendu ci-bas pour tout le monde,
Les plus noirs sont assez blancs,
Quand ils ont l'âme monde.

Les Bergers.

Vo faites mou lo sevans,   *bis.*
Vo n'éto quo vuar évant : que fat-il fare ?
Evant que d'entrer dedans,
Pou ne l'y pou déplare.

Les Rois.

Bergers, nous vous supplions,   *bis.*
Avant donc que nous entrions, de nous
     apprendre
Ses divines qualités,
Et l'honneur qu'il faut rendre.

Les Bergers.

D'honnou vo ne l'y en serin   *bis.*
Tant rende que l'épertin, lou Ciel et Tarre
So lou minte de ses bins,
Penso si n'en n'est vuare.

Les Rois.

Pourquoi donc est-il venu,   *bis.*
Si pauvre et si peu connu dedans le monde ?
Il ne pouvait pas trouver
De demeure plus immonde.

Les Bergers.

Quand vo sorot qu'il ot,   *bis.*
Vo diro lou brave eto let riche greinge !
Not ce mit let mageon de Dée,
Les démoure des Ainges.

Les Rois.

Bergers, à ce que je vois,   *bis.*

Vous savez toutes les lois et les Prophètes,
Instruisez-nous pleinement
De cette heureuse Fête.

Les Bergers.

Puisque vous été pouté   *bis.*
D'y ne boune volonté , preni couraige ,
Je ve dira ce que j'en sai,
Et mon bon gros langaige.

Les Rois.

Si le langage est pesant   *bis.*
Le discour est plaisant et profitable,
Pour nous disposer tous trois
A entrer dans l'Etable.

Les Bergers.

Ico pat let tête gée,   *bis.*
Que je sin do pore Bogées, de let montaigne,
Je son bin aussi seivant,
Que sot de let campaigne.

Quand les Ainges sont venus,   *bis.*
Chantants tout fin mere nuds, sus not côte,
Pache su Tarre, et glore ès Dée,
J'y éto tout de côte.

So lou grand Mate du Cie,   *bis.*
Que j'eppelons lou Messie et hate et clere,
Bin pu vie que cette Dème,
Et que l'âge de sou père.

Ce qui nous et fa veni,   *bis.*
So l'étoile di métin , let belle Dème,
So que comme il éto Dée,
Et de Dée s'est fat homme.

N'y et étole dans lou Cie,   *bis.*
Que so plus belle que lie, sot let plus belle

Que so dans le Firmament;
De l'Eglise nouvelle.

   Let musique qu'on y fat ,   *bis.*
So ut, re, mi, fa, sol, la, so tous les Ainges
Que venons pou l'endormi,
Et toute houre y rechinge.

   Penso vo que sou Papa,   *bis.*
Soie ce pore vi oncla, quot sur let selle,
Lot bin Méri de let Dème,
Ma let Dème ot pucelle,

   Vo n'éto que trop seivant :   *bis.*
Entro in po pu évant, val ine toche,
Enfin que ne trébuchains,
Le long de ce grand poche.

   Chier Joseph, va ti vor,   *bis.*
Si vo gachenot d'or, qu'on lou tavoille,
Voici do Ros, de Signous,
Que lui époutent marvoille.

Le Roi Balthazard.

   Sire, lui dit Balthazard   *bis.*
Avec un humble regard, voici la mirrhe
Qu'à votre immortalité
J'offrirai la première.

Les Bergers.

   Et on sai bin qui meuret,   *bis.*
Qu'en tare on le bouteret pou quérante houre,
Et pu ressusciteret,
Sans jéma pu remoure.

Le Roi Gaspard.

   Du plus profond de mon cœur,   *bis.*
J'offre une coupe d'odeur, sur l'assurance
Que j'ai de la vérité
De sa divine essence.

Les Bergers.

Je cro que so de l'encens,   *bis.*
Et que ne le vo le sent, let créature,
Que nous représente mue,
Sotte humaine nature.

Le Roi Melchiord.

O grand Roi! dit Melchiord,   *bis.*
Recevez de moi cet or que je vous offre,
Il est des plus raffinés
Qui soit dedans mes coffres.

Les Bergers.

Vous vous éto écouda,   *bis.*
Pou vo fare écouda de vos offrandes,
Ollez vos en qu'il ot ta,
Et que Dée vo le rende.

Les Rois.

Bergers, nous vous remercions,   *bis.*
De vos bonnes instructions, et de l'entrée
Que vous nous avez donnée
Vers la Vierge accouchée.

Les Bergers.

Ranguena vos grands méchis,   *bis.*
Nos en sommes tous féchis, note récompense,
Note aute que le bon JÉSUS,
Dée vo donne bonne chance.

Noël sur l'air : *A la noçe de Jeanne.*

QU'ADAM fut un pauvre homme,
De nous faire damner
Pour un morceau de pomme,
Qu'il ne put avaler :
Sa femme, sans cesse

Le flatte , le presse ,
D'en goûter un petit ,
Croyant que la sagesse ,
Que le diable avait dit ,
Gissait dedans ce fruit.
  Mais s'étant aperçue
Que sage on n'était pas ,
Se voyant toute nue
Après ce bon repas ,
Honteuse , tremblante ,
Piteuse , dolente ,
Elle court au figuier :
Et ramassant ses feuilles ,
Tâche de les plier ,
Pour se faire un tablier.
  Cependant notre père ,
Que le morceau pressait ,
Tout rouge de colère ,
Sa femme maudissait :
Perfide , cruelle ,
Crédule , rebelle ,
Tu trompes ton époux ;
Que dira notre Maître ?
Fuyons et cachons-nous ,
Je crains trop son courroux.
A ce bruit déplorable ,
Dieu descend promptement ,
Et d'un air aimable ,
Appelle doucement :
Mon Eve , ma fille ,
Epouse gentille ,
Adam , de moi chéri ?
Mais à cette semonce ,

4*

Ni femme ni mari
Ne disent : Me voici.

   L'Auteur de la Nature,
A qui rien n'est caché,
Sous un tas de verdure,
Découvre Adam caché,
Tout triste, tout pâle,
Qui trempe, tout sale
De s'être ainsi traîné ;
Qui répond, c'est la femme
Que vous m'avez donnée
Qui m'a presque damné.

   La femme, à cette plainte,
Contre Adam se défend,
Et dit que sa contrainte
Ne vient que du serpent :
Que dire, que faire,
De rire, de braire,
Ce n'est plus la saison ;
Dieu leur ouvre la porte,
Et, comme de raison,
Leur défend sa maison.

   Cette triste infortune
Causa tous nos malheurs,
La vieillesse importune
Et les plaintes et les pleurs ;
La peste et la guerre,
Par toute la terre,
S'épandit à son dam,
Pour punir l'insolence
De notre pauvre Adam,
Dans chaque descendant.

Noël sur l'air : *Allons tous à la Crèche.*

BOURGEOISIE de Nancy,
Ne soyez en souci,
Soyez gaie et gaillarde,
Cette journée ici,
Que naquit Jesus-Christ,
De la Vierge Marie,
Près le bœuf et l'ânon, don, don,
Entre lesquels elle accoucha, la, la,
Dans une bergerie.

    Tous les Anges ont chanté
Une belle chanson
Aux Pasteurs et Bergers
De cette région,
Qui gardaient leurs moutons
Paissant sur la prairie,
Disant que le mignon, don, don,
Etait né près de là, la, la,
Jésus le fruit de vie.

    Ils laissèrent leurs troupeaux
Paissants parmi les champs;
Ils prirent leurs chalumeaux,
Et joyeux instruments;
Ils vinrent dansant, chantant
Droit à la bergerie,
Pour visiter le saint enfant,
Lui donnant des joyaux très-beaux,
Que Jésus loue et prise.

    Les filles de Machéville,
Comme en procession,
Leurs paniers bien garnis,
Vont trouver le poupon,

Ayant ouï le son
De la douce harmonie,
Que faisaient des pasteurs joyeux,
Lesquels n'étaient pas las, la, la,
De mener bonne vie.
    Les pucelles de Tomblaine
Ne furent point endormies
Avec leur beurre et laine,
Toutes au champ se sont mises ;
Et toutes celles d'Essey
Ont passé la rivière,
Après avoir ouï le bruit ,
Comme aussi le débat , la , la,
De celles de Malzéville.
    Et celles de Champigneulle
Ont accouru au son,
De Bouxières et Pompé ;
Rosières , les Trois-Maisons,
Apportèrent beaux poissons,
Anguilles et rousselettes,
Et celles de Frouard-Gaillard,
Apportèrent à grands pas, la, la,
Un sac plein de perchettes.
    Celles de Lay et Laxou
Firent très-bien leur devoir,
Elles firent un beau présent
Au Roi qu'elles venaient voir;
Aussi celles de Villers,
Négligeant leurs affaires,
Se mettant toutes en chemin matin,
Pour touver le Soula , la, la,
Du monde, aussi sa Mère.
    Prions la Vierge Mère

Et son Fils Jésus-Christ,
Qu'ils aient de nous mémoire,
Dedans le Paradis,
Après qu'aurons vécu,
En mortel repaire,
Ils nous veuillent garder d'aller
Tous en enfer là bas, la, la,
En tourments de misères.

Noël sur l'air : *Mon Dieu, qui avez bien voulu, etc.*

GRAND Dieu, qui avez bien voulu
Pour nous prendre naissance;
Sans vous nous étions tous perdus,
Selon toute apparence,
Par un excès de charité,
D'une volonté pure,
Pour sortir de captivité,
Notre humaine nature.

O Bergers! que vous fûtes heureux
D'entendre la nouvelle
Qui vous fut dite dans les Cieux,
D'une manière solennelle,
De voir de vos deux yeux mortels
Celui que tous les Anges
Adorent dessus nos Autels,
Avec tous les Archanges.

La nuit de Noël il est né,
La nuit tant désirée
Des saints Pères aux Limbes enfermés,
Qui, depuis tant d'années,
Attendaient tous en gémissant
La venue et naissance

Du Messie Sauveur Tout-Puissant,
Suprême en excellence.
   Les Bergers étant arrivés,
Se disaient à l'oreille :
Quel prodige de charité !
Quelle rare merveille
De voir cet aimable Poupon
Dans une grange , sur la paille,
Dedans un temps où les glaçons
Reluisaient aux murailles!

   N'aperçois-je pas un beau train,
Qui au galop s'avance,
Ce sont gens de grand moyen,
Qui font belle apparence :
Guillot s'approche adroitement,
Prend des chameaux la bride,
Ce sont puissants Roi d'Orient,
Il veut être leur guide.

   Je veux les conduire dans le lieu
Où est cette Accouchée,
Et là je leur ferai du feu,
S'il y a cheminée,
Michaud, prends-garde comme ils font,
Car ce sont des Rois sages,
Qui veulent rendre à ce Poupon
Leurs devoirs et hommages.

   Michaud , qui les vit prosternés
Les deux genoux en terre ,
Dit : Guillot , tu n'en eus usé
D'une telle manière ;
Adorons-le, et le prions
De nous faire la grâce

Qu'en Paradis nous le puissions
Voir un jour face à face.

Sur le Mystère de l'Incarnation.

Air : *Femmes, voulez-vous éprouver ?*

QUE de miracles à la fois,
    Et quel ineffable Mystère !
Un Dieu naît pour mourir en croix !
Une chaste Vierge est sa mère ;
Par un effet surnaturel,
Au temps prédit, elle est féconde,
Et c'est son Auteur éternel
Que cette Vierge met au monde.

Contre Dieu l'homme avait péché ;
Ne pouvant expier son crime,
Il fallait que d'amour touché
Dieu même s'offrît pour victime :
Il daigne devenir mortel,
Pour racheter l'homme coupable ;
Et pour sauver le criminel,
Il prend un corps au sien semblable.

Grand Dieu, quelle est la profondeur
De tes décrets impénétrables !
Fais-moi croire, et grave en mon cœur
Ces vérités inconcevables ;
Et toi de qui l'humilité
Du verbe incréé te fit mère,
Au Dieu que tes flancs ont porté,
Vierge sainte, offre ma prière.

Noël sur l'air : *Des Feuillantines.*

Dans les ombres de la nuit
　　Et sans bruit,
Jésus tout brillant nous luit,
Naissant par la seule envie
De nous redonner la vie.
　　Il descend du Firmament
　　　Gaîment,
Pour vivre ici pauvrement;
C'est pour délivrer de peine
Toute la nature humaine.
　　Les Anges venus des cieux
　　　En ces lieux,
Pour cet enfant précieux
Ont annoncé la merveille
Qui n'aura point sa pareille.

　　A Bethléem portons tous
　　　Des bijoux,
Et les offrons à genoux
Au cher Fils de la Pucelle,
Qui de Dieu se dit l'Ancelle.
　　Trois Rois arrivés de loin
　　　Avec soin,
Pour voir un Dieu sur du foin,
D'une humilité très-grande,
Ont présenté leur offrande.
　　Tous les bergers d'alentour,
　　　A leur tour,
Sont venus, dans ce séjour,
Adorer ce divin Maître
Qui pour nous venait de naître.
　　Les petits oiseaux des champs,

Par leurs chants,
Font la leçon aux méchants,
Car ils lui rendent hommage
Avec leurs charmants ramages.
    Prions cet Enfant nouveau,
        Au berceau,
Qu'en quittant notre tombeau
Nous allions avec les Anges
Chanter au Ciel ses louanges.

Noël sur le chant : *Réveillez-vous, belle endor-*
mie, etc.

RÉVEILLEZ-VOUS, troupe endormie ;
  Réveillez-vous, car il est jour ;
Voici les Cieux, ma douce amie,
Qui nous offrent le fruit d'amour.

    Recevez-le de bonne grâce ;
Eloignez de vous tout péché :
Pour voir ce bon Dieu face à face,
Il faut en être détaché.

    Celui qui vit dans la misère
Sera riche un jour dans les Cieux,
Et celui qui croit et espère
Verra Jésus dans ces beaux lieux.

    Pour complaire à ce Dieu de gloire,
Il faut aimer la chasteté :
Ayons toujours en la mémoire
Qu'il aime la pauvreté.

    Heureux celui qui fuit le monde.
Qui cherche Dieu dans le berceau :
En grâces, en vertus il abonde,
Et Jésus sera son tombeau.

Vive l'Enfant, vive la Mère !
Vive Joseph son cher Epoux !
Vive l'Esprit-Saint dans le Père !
Vive en eux et eux en nous !

---

*Pour le temps de l'*Avent.

Sur l'air : *Laissez paître vos bêtes.*

Venez, divin Messie,
  Sauvez nos jours infortunés ;
Venez source de vie,
Venez, venez, venez.

Ah ! descendez, hâtez vos pas,
Sauvez les hommes du trépas,
Secourez-nous, ne tardez pas,
Venez, divin Messie,
Sauvez nos jours infortunés ;
Venez, source de vie,
Venez, venez, venez.

Ah ! désarmez votre courroux,
Nous soupirons à vos genoux,
Seigneur, nous n'espérons qu'en vous ;
Pour nous livrer la guerre,
Tous les enfers sont déchaînés ;
Descendez sur la terre,
Venez, venez, venez.

Que nous souffrons de maux divers !
Le démon, du fond des enfers,
Nous fait soupirer dans les fers ;
Vous voyez l'esclavage
Où vos enfants sont condamnés ;
Conservez votre ouvrage,
Venez, venez, venez.

Eclairez-nous, divin flambeau,
Dans les ténèbres du tombeau,
Faites briller un jour nouveau ;
Au plus affreux supplice
Nous auriez-vous abandonnés ;
Venez, Sauveur propice,
Venez, venez, venez.

Que nos soupirs soient entendus ;
Les biens que nous avons perdus
Ne nous seront-ils point rendus ?
Voyez couler nos larmes ;
Grand Dieu, si vous nous pardonnez,
Nous n'aurons plus d'alarmes,
Venez, venez, venez.

Si vous naissez dans ces bas lieux,
Nous vous verrons victorieux
Fermer l'Enfer, ouvrir les Cieux :
Nous l'espérons sans cesse,
Les Cieux nous furent destinés ;
Tenez votre promesse :
Venez, venez, venez.

Ah ! puissions-nous chanter un jour,
Dans votre bienheureuse Cour,
Et votre gloire et votre amour !
C'est-là l'heureux partage
De ceux que vous prédestinez ;
Couronnez votre ouvrage :
Venez, venez, venez.

Noël sur l'air : *Réveillez-vous, belle endormie.*

MARIE avait pris sa naissance
Dans la Cité de Nazareth ;

Et de candeur et d'innocence
Elle était un miroir parfait.

Comme elle est dans son oratoire,
D'un cœur ardent priant le Ciel,
Pour lui parler, le Roi de gloire
Députe l'Ange Gabriël.

L'Ange Gabriël à Marie.

Salut, ô Vierge respectable,
Pleine des grâces du Seigneur;
Je ne vois rien de comparable
A ton éclat, à ton bonheur.

Rassure-toi, calme ta crainte,
Tu trouves grâce devant Dieu,
Et bientôt tu vas être enceinte
Du Maître qui règne en tous lieux.

Il sera grand devant les hommes,
Dont il doit être le Sauveur;
Tout Anges même que nous sommes,
Nous adorons sa grandeur.

Marie à l'Ange Gabriël.

Malgré la foi qui me consomme,
Je doute encore de mon bonheur;
Comment! ne connaissant point d'homme,
Serai-je la Mère du Sauveur?

L'Ange à Marie.

Tout est possible à notre Maître;
Son Saint-Esprit viendra sur toi,
Et Jésus qui recevra l'être
Sera le Fils du divin Roi.

Marie à l'Ange.

C'est trop douter de ce miracle,
Je suis servante du Seigneur;

Qu'il accomplisse cet oracle,
Qu'il me soit fait selon son cœur.
   L'Oracle de la voix divine
Quitte Marie en ce moment,
Elle s'en va chez sa cousine,
Avec un tendre empressement.
   Dans sa maison, dès qu'elle arrive,
Elle salue Elisabeth ;
Son âme innocente et naïve
En témoigne un plaisir parfait.

Elisabeth à Marie.

   D'où me vient cet excès de gloire,
De quel éclat brille ce lieu ?
Ah ! quel bonheur, puis-je le croire,
Je vois la mère de mon Dieu.
   Dans le plaisir qui me transporte,
Je me sens presque défaillir;
L'enfant que dans mon sein je porte
Vient à son tour d'en tressaillir.
   Bénie entre toutes les femmes,
Le Ciel bénit encore ton fruit;
Il doit un jour sauver nos âmes,
Malgré l'enfer qui les poursuit.
   A ce discours, la Vierge mère
Jusques aux Cieux porte sa voix;
C'est à Dieu seul qu'elle défère
Toute la gloire d'un tel choix.

Noël sur l'air : *O Filii et Filiœ.*

CHANTONS, chantons le Roi des cieux,
Il vient de naître en ces bas lieux;
Chantons un jour si solennel.
      Noël, Noël,

Noël, Noël, Noël, Noël, Noël, Noël.

Tout est changé par son amour ;
Et notre sort, en ce grand jour,
Est aussi doux qu'il fut cruel.

   Noël, Noël, etc.

On ne doit plus verser de pleurs :
Dieu vient finir tous les malheurs
Que fit le crime originel.

   Noël, Noël, etc.

L'orgueil de nos premiers parents
Avait perdu tous leurs enfants :
Tout l'univers fut criminel.

   Noël, Noël, etc.

Le Ciel, par un funeste sort,
Nous condamna tous à la mort,
Et cet arrêt fut sans appel.

   Noël, Noël, etc.

Tout l'univers était perdu ;
Mais le Sauveur est descendu :
Un Dieu pour nous s'est fait mortel.

   Noël, Noël, etc.

Sion, Sion, réjouis-toi,
Tu vois ici ton divin Roi ;
Il est le père d'Israël.

   Noël, Noël, etc.

Pour bien répondre à ses bienfaits,
Tout tendre cœur doit à jamais
Brûler l'encens sur son autel.

   Noël, Noël, etc.

Noël sur l'air : *Une jeune Pucelle*, *etc.*

UNE jeune Basselle,
De Boin Paran,

Que fut toujou Pucelle,
En sou viquan,
Dehan in jou,
Ses Patenat et set Chambe,
Vit un Ainge deshante,
De let pai de moute Cheignou.

El fut tout eschemoudhie,
Di preumeie co,
De vor sans compeignie,
Inq que bucquo,
Que parho bé,
Et reluhan tout en aire,
Et' ca pu que n'esclaire,
Lou Selou sa louvé.

Sans palé et point d'houme,
Ni et gachon,
Tout perleie ne voulome,
Dans set mashon,
Val donc pourquet,
L'a toute épouvantée,
D'une sefete entrée,
Dedans sou cabinet.

Enfin elle se repaire,
In po esprès,
Quel o ay l'effaire,
De l'Ainge let,
Da dessus ses genou,
Elle luve un po la tête,
Pou ay lou remède,
Qu'apoutho lou Savou.

L'Ainge piein de louquance,
Fat compliment,
Evous let révérence,

Mou imblement,
Dehan boinjou,
Mère pieine de grâce,
Dée que vint en vonte râce,
So toujou et vou vous
   Il m'envoye vous dire,
D'euf préparé,
Pou sou Feute, ca noute chire
Que vut entré,
Tout fin dan vou,
Pou l'y servi de Mère,
Ca i vinret en terre,
Dont l'en seret lou Savou.
   Lou temps des prouféties
At escompli,
La vassii lou Messie,
Cato preumi,
A monde assin,
De veudit let querelle,
Entre l'Enfant rebelle,
Et sou Père divin.
   Et que pou telle affare,
Cas qui falo,
Eune que peuhhe piaire,
Et ce grand Ro,
Pou l'y servi
De Mère et que so pucelle,
Et enca let plus belle,
De tertou lou peys.
   Let val épouvantée,
Da que l'esprend,
Qui falo qu'elle sée,
En po de tems,

Mère, pouhta,
Quel voulo meuri Virge,
Et quelle s'ato premiche,
A bon Dée qu'à let ha.
 Mais l'Ainge l'y échurre :
Que lou Saint-Esprit,
En evo pris les aire ;
Et entrepris
L'effaire let,
Que jesma su let terre,
L'Affan nero de Père,
Ce que mou let consolet.
 Que quand i sero à monde,
On lou heuchero,
Jésus, que fero l'amonde ;
Comme in boin Ro,
A pores gens ;
Qu'errin pahdieu les graïces,
Seuvant les ouetes traïces,
De zoute père Adam.
 Que cela so, j'y escode,
O Gabriël ;
Si je su digne et commode,
Et l'Eternel,
O lou boin mou !
O let douce parole !
Que nous reboutret en role
Des affans bin heuroux.
 Val, dit-elle, let Demhalle,
Di Ro que vinret,
Je li sera toujours lealle,
Tant qui viqueret,
Et tout asto,

Jésus fa soun entraie,
En set Mère sacraie,
Virge comme l'ato.
　　Sa fai lou mériége,
Qu'ato preumis.
Dedans noute por ligneige,
Les val esmis,
Dée démouret,
Dans noute cueuche et noute aime,
Je n'érons pu d'élairme :
Die peut diaile let.

Noël sur l'air : *A la venue de Noël, etc.*

Le Valet. **M**AITE vous ne sevom dous que je
venons,
Et pourquet je ramounon si ta,
Da champs nos berbis et moutons,
Vous ne serin crore ce que je dira.
　　Le Maître. Je boutrai que ce seret lou loup
Que'ret étranguié des berbis,
Mas ous que vatin zar teurtou,
Et met pai en est-il mou pris.
　　Le Valet. Ca voute graice, ce nam selet,
J'evons pu d'eignez que je n'evin,
Ca let neüe ci en Nazareth,
Lan est venu à monde in divin.
　　Le Maître. Où as que la, te né l'aipothe meu,
Asto qui n'a dejet que trou mo,
Quas te veu dit, je ne l'entens meu,
D'ou as qu'in tel eignez vanro ?
　　Le Valet. In Eige qu'on dit qu'on lou buche
Gabriël a venu pas neüe,

Que'vo zar lou son d'une cleuche,
Et que sanozar bin di feüe.

  I nous et revailli teurtou,
Chantant je ne sai quet en letin;
Je n'en asme ertenu in mou,
Tant faihin zar de bru nos chins.

  Eprès qui se sont repahi
I nous et dit que j'en alince.
Et let greinge de Chan Meuhi,
Ou qu'ato né in mou grand Prince.

  J'y evons couru comme à feüe,
Mas quand j'evons etu toulei,
In sanomzar qui saye ca neüe,
Tant l'i faiho de grand clater.

  Et si poutha i n'y evo,
Nou pu d'eulmer que su me min,
J'y vith etca tro mou bés Ros;
Qu'edourin l'Affan su di trin.

  Pu delet l'i fichtent des preusans
Linq l'y beillieu in pot d'or, myr,
In ate l'y beilli de l'encens,
Lat so ac que je ne sero dir.

  Il y evo inq de ces tro,
Qu'ato pu nor qu'in cremer,
Quand j'eul vis jeum sagni asto,
Je mai jeun vis lou pu peut maîle.

  Je craio que sato lou malin,
Mai in doutom béfeut les cruües,
Pouhra que sato in hom de bin,
Qu'ato venu de pu de cent leües.

  Pou esdouré lou bel Affan,
Que l'Einge espello in eigné,

Et qu'ato Feut di Tout-Puhham ,
Fai houm pour nous tous rescheté.

   Set Mère l'esdoro enca ,
Couchi dessu in po de peil.
Et in vî houm que peurno za ,
Qüaique et tourtou zout estireil.

   Que n'atozar qu'in bu oüair grai ,
Et in aisne tout esranné ,
D'avoi pouthie stu qu'evo fai ,
Lou monde , et si n'atom ca né.

   Le Maître. Set Mère a donc eune gran-
     Deime;
Et sou Père in mou gros Monsu ,
Qu'ont lougi dedans Bethléem ,
Des sfets sont toujou les bin venu.

   Be Dée , qui as in tel Affan ;
Né dans in Etable éboulaie ,
Su in po de trin tant sulman ,
Sans feüe en in temps de jalaie.

   Le Valet. Sa de nout boin cheinou lou feut ,
Tant proumis par les prouféties ,
Pou vous savé enca meu ,
Sa stu qu'on do heuchi Messie.

   Et la venu bé feut en coichat ,
Pou vor si j'eul recounnahheran ,
Entortilli dans des coutrat ,
Et des vi drespz de haillon.

   Set Mère a pucelle , et seret
Toujou sou Père at esternel ,
Et lou Saint-Esprit l'ombret ,
En piesse d'un Méri mortel.

   Sat assi pou nous ensagni ,
Qui va meue n'avoüe rien di tou ,

Pou oùaigni piesse dans le Ci,
Que de mingi tous les joù di rou.

Le Maître. J'eul vai don ver, demour
 toussi,
Jusquet tant que je m'en revanray,
Pou prii l'Affan d'effessi,
Les fate et les ma que j'ai fa.

Noël sur l'air : *Noël pour l'amour de Marie.*

Enfin j'évons vu ce que l'Ainge
Nous et espris dedans sou chant,
D'in Affan né dans eune gringe,
Ça lou Feut d'in Dée tout-peuhhan;
Mais caissa, Compère Quertaille!
Que t'est tant dit lou boin Joset,
Stépoint sa qu'eque grand marvaille,
Qu'at errivé bin lon palet.

 Siv sevin tout ce qui pu dire
Vous en erin let larme et l'œil,
L'evont souffri mou grand mertyre,
Et l'ont étu en mou gran deuil,
Auguste l'Emperou commande,
Pa l'édit let que chesquin se,
Que tourtou évinchete et se rande
À leue que lor evon noummé.

 Chesquin dedans son Baillieige
Pou déclarie et sou Coumis,
Combin que latin en zos mineige,
Jusqu'à pu petit rer esprenti,
Effin d'épanre tout en aire,
Combin il y évo de gens,
Dedans lou monde, et qu'elle effaire
De quez metaye l'atin fehan.

Val pourquet Jouset et Merie
Ont estu lougi si porement,
Dans une mechante Bergerie,
Ous que ni demouro nuzan,
Pouhta que les grosses Tesvenes,
Ne voeluchetent les recevoir,
Dehan que latin tout rejambienne,
Mas putost ça que latin trou por.

. Et les gros bourjos les pu riches,
L'erouatin d'in œil de traivé,
Lou pore Chire, tant l'atin chiches :
Enca que pien jusqu'à cravé ;
Y l'etcufin sanlou counahhe,
D'aou débachié mechamment,
Eune Baisselle belle et frahhe,
Mai boudhin bin puamment.

Chesquin lo chanto mille injures,
Et lo beïllo mille laïdhon,
De bin fare i n'en evin cure,
Ni de les recevor dans let mahhon ;
Spendant vas let neue que s'approuche,
Lou selou couchi, qui jalo si fo,
Et let Vierge qu'ato tout fin prouche,
De s'escouchié d'in Affan Ro.

Lasmar les val sans feue, sans aïthe,
Sans bo, sans lée, sans mahhon,
Pou les mère qu'alo en haïthe,
Beïlli de quet pou nout ranson ;
Y lorton tu dou de let Bourgaide,
Serouaitant sans se dire mou,
Quand Joussé se vai beïlli de oüaide
D'in leüe ça runé tout pathiou.

Im me fa mou ma, met chire cousine,

De vous vor si for pathi,
Pendant lou temps de vos genise,
Lasmar j'en su tout esheli,
Vassi tout conte eune maihere,
Ce que i nous faro allé,
Lou boin Dée que voüe nout misère,
Eret pitié de nous toulet.

Let Sainte Vierge ne répon meu,
Poutha que lou ceuche li fand,
De vor qu'en eune ville i n'y evo meu,
Pou lou pore eune boine gen,
Val ce que d'ehin zor ensanne,
Nos dou lou boin chire Jousé,
Quand met venu heuchié met tante Anne,
Poutha que l'ato temps de s'en retourné.

Nous at, por Meignez de villeïge,
Ercounnahhou meü noute Cheignou,
Que vin pou savé notre ligneige,
Et pou punit ces malheuroux;
Demandons li tertou let graice,
D'eul bin servi jusquet lé mo,
Et que di fa serpent noute raice,
Ne peüe senti jemoi lou mo.

Noël sur l'air : *Le Curé de Mole joue de sa viole.*

Mon Onclin Querquaillé,   bis.
   Revaille teu, revaille,   bis.
Car val in Ainge de Dée,
Coum sullet de nous mouthée,
Que dit que j'aillinhe en hoite,
Et let gringe de Chan Bourlée.

   Vor eune Feil Mère   bis.

Que s'éscouchi hiere,   *bis.*
D'in Poupay qu'à lou Messie,
Preumis par les proféties,
Pou nous pardonné nos fâtes,
Nous faihant ses héritiers.

Tertout don ensanne,   *bis.*
Courons, met Tante Anne,   *bis.*
Pour vore l'Affant let divin,
Que nous vint fair gens de bien,
Qu'in chesquin de set puhhance,
Li pouthieuh ecque di sin.

Pour couri pu vîte,   *bis.*
Met Tante Merguitte,   *bis.*
Laihon toussi nos soulet,
Nos houlat, et pu dalet,
So qu'eront les meillou jambes,
Seront les preumei toulet.

Il faret, Modarbe,   *bis.*
Dansi et l'Etable,   *bis.*
Pou beilli in po de pesse-temps,
A son de let Chive de Chan,
Pou bin rejay let Mère,
Et en ça son chir Affan.

Joüe de let viole,   *bis.*
Lou Curé de Mole,   *bis.*
J'escoudrai mou flageoulet:
A son de let chanson let;
Mai Chan etou de set Chive,
Lou preumei commenceret.

Dalet let Baisselles,   *bis.*
Que sont les plus belles,   *bis.*
Vront priei lou bel Affant,
Si sat sou consentement,

De laihir fair let danse,
Pu je li ferons nos preusens.

Je li beillerai une oye,   *bis.*
Et enca d'y foye,   *bis.*
D'in grais pouhhé que j'evons,
Te li beillerez in mouton,
Ou in Eigné des pu tanre,
Chan di laid pou des lairdons.

Leucie de let ferine,   *bis.*
Mait de let pu fine,   *bis.*
Evout in poutat de laissé,
Que ne som enca escrêmé,
Et ça in paillon pou fare
Let bouilli à nouveau-né.

Mais qui panret oüaithe   *bis.*
Pendant nos embaithes,   *bis.*
Et nos berbis, i faro,
Qu'inc oüaidheuh evou Briffo,
Atrement le peu diall de loup,
Stepoi quequinc en paro.

Il n'y et pahhone,   *bis.*
Qu'Onclin Chan Gergone,   *bis.*
Assi bin à talon let,
Tes mules, la tout jalet,
Jesmai in dous prourro cheure,
Ni dansi quand je serons toulet.

Epret let courante,   *bis.*
Je ferons nos ouffrandes,   *bis.*
Et pu je nous en revinrons,
Quand j'aurons eveu pardou,
De l'Affant qu'est Dée pou Père,
Et pou Mère Merion.

Autre Noël.

LAISSEZ paître vos bêtes,
Pastoureaux par monts et par vaux,
Laissez paître vos bêtes,
Et venez chanter Nau.
J'ai ouï chanter le rossignol,
Qui chantait un chant si nouveau,
Si haut, si beau, si raisonneau,
Il me rompait la tête,
Tant il prêchait et caquetait,
Ai donc pris ma houlette,
Pour aller voir Nollet.

Je m'enquis au Berger Nollet :
As-tu ouï le rossignolet,
Tant joliet, qui grignotait
Là haut sur une épine :
Oui, dit-il, je l'ai ouï,
J'en ai pris ma buissine,
Et je m'en suis réjoui.

Nous dîmes tous une chanson,
Les autres y sont venus au son,
Or sus dansons, prends Alison,
Je prendrai Guillemette,
Margot, tu prendras gros Guillot;
Qui prendra Peronelle?
Ce sera Tabelot.

Ne dansons plus, nous tardons trop,
Allons-y tôt, courons le trot;
Viens-tu, Margot? oui, Guillot;
J'ai rompu ma couriette,
Il faut racoutrer mon sabot,

Or tiens cette éguillette,
Elle te servira trop.
 Et toi, Michaud, n'y viens-tu pas,
Oui, dit-il, tout l'entrepas,
Tu n'entends pas du tout mon cas,
J'ai aux talons les mules,
Par quoi je ne peux pas trotter,
Pris les ai par froidure,
En allant ettraquer.
 Marche devant, pauvre Mulart,
Et t'appuye sur ton houlart;
Et toi, Cocart, vieil Loriquart,
Tu dusses avoir grande honte,
De rechigner ainsi les dents,
Tu en dusses tenir compte
Au moins devant les gens.
 Nous courûmes de telle roideur,
Pour voir notre doux Rédempteur,
Le Créateur et Formateur;
Il avoit, Dieu le sache,
De drapeaux assez grand besoin
Il gissait dans la Crêche,
Sur un petit tas de foin.
 Sa Mère avec lui était,
Un vieillard si leur éclairait,
Point à l'Enfant ne ressemblait,
Il n'était pas son Père,
Car il était luisant comme or,
Ressemblait à sa Mère,
Etant plus beau encore.
 Nous avions un bien gros paquet,
De vivres pour faire un banquet,
Mais le muguet de Jean Auguet,

A voit une lévrière,
Qui mit le pot à découvert,
Ce fut par la Bergère,
Qui laissa l'huis ouvert.

   Pas ne laissâmes de gaudir,
Je lui donnai une brebis
Au petit-fils une Mauvie,
Lui donna Peronelle,
Margot si lui donna du lait,
Toute pleine une écuelle,
Couverte d'un tranchoir.

   Or prions tous le Roi des rois,
Qu'il nous donne à tous bon Noël,
Et bonne paix de nos méfaits,
Ne veuille avoir mémoire
De nos péchés ; mais pardonner
A ceux du Purgatoire,
Leurs péchés effacer

Noël sur l'air : *Frère André disait à Grégoire.*

Voici le jour de la naissance
  De notre Divin Rédempteur,
Qui commence notre bonheur;
Chantons tous en réjouissance :
Vive, vive, vive le Maître des Cieux,
Qui vient de naître en ces bas lieux!

   Commencez la cérémonie,
Troupe céleste, en légion,
Faites retentir son saint Nom,
Au son de votre symphonie :
Vive, vive, vive, etc.

   Tout le Clergé viendra ensuite,
Qui suivra tout le gonfanon,

Et les Moines s'assembleront
Pour aller rendre leurs visites :
Vive, vive, vive, etc.

Pour ceux qui sont sous la réforme
Du Patriarche saint Benoît,
Prétendent bien d'avoir bon droit,
De chanter, placés dans les formes :
Vive, vive, vive, etc.

Qui commencera la harangue,
Ce seront les Frères prêcheurs,
Ils ont de bons Prédicateurs,
Et qui diront en plusieurs langues :
Vive, vive, vive, etc.

Et pour user de prévoyance,
Ceux de l'Ordre de saint François
Se détacheront deux ou trois,
Pour aller dresser la crédence :
Vive, vive, vive, etc.

Les fils d'Elie sont magnifiques,
Ils savent bien tous le plain-chant,
Ils chanteront chemin faisant
Quelques Noëls des plus beaux cantiques :
Vive, vive, vive, etc.

Les Capucins, quoique nu-pieds,
Ne laisseront pas d'y aller ;
On les pourra faire quêter,
Pour faire à l'Enfant la bouillie :
Vive, vive, vive, etc.

Les bons Père de l'Oratoire
Mettront en forme d'argument,
Prouvant que le petit est grand,
Et que sur tous on les doit croire :
Vive, vive, vive, etc.

Les Séculiers viendront ensuite,
Pêle-mêle, jeunes et vieux,
Pour adorer cet Enfant-Dieu,
Qui met notre ennemi en fuite :
Vive, vive, vive, etc.

L'on ordonne à toutes les Dames
Qui sont de la Conception,
D'aller à la procession,
Rangées devant toutes les femmes :
Vive, vive, vive, etc.

Noël sur l'air : *Les Bourgeois de Chartres.*

CHANTONS tous la naissance
Du grand Maître des Cieux,
Pour notre délivrance,
Il est né dans ces lieux :
L'endroit est Bethléem ;
Tous les Couvents de Filles
Ont la permission, don, don,
Pour aller trouver là, la, la,
D'abandonner leurs grilles.

Les Dames Bernardines
S'en vont faire leur cour
En brave Pèlerines,
Témoignant leur amour ;
L'Enfant fit un souris
A Madame l'Abbesse,
Et d'un air mignon, don, don,
Lui dit : Placez-vous là, la, la,
En lui faisant caresse.

Les Dames Sainte-Claire
Pourraient n'y pas aller,

Ce n'est pas leur affaire,
A moins que d'y voler ;
De marcher à pieds nus,
La chose paraît dure,
Mais elles s'en riront, don, don.
Elles ne craignent pas, la, la.
Le chaud ni la froidure.

Les Dames Urbanistes
N'y vont pas à pieds nus,
Mais d'un grand pas fort vite
Elles y ont accouru,
D'un chant mélodieux,
Annonçant les louanges,
De ce divin Poupon, don, don,
Qu'elles ont trouvé là, la, la,
Environné des Anges.

Voici les Carmelites :
Entrez, dit le Poupon,
Venez, mes favorites,
Qu'apportez-vous de bon ?
Nous apportons nos cœurs,
Ils ne sont pas pour d'autres,
Nous vous les présentons, don, don,
Votre amour les rendra, la, la,
Tous semblables au vôtre.

A tout' ce que j'en juge,
Je vois venir de loin
La Mère du Refuge,
La discipline en main,
Pour ranger les pécheurs
Car cela les réveille ;
Je crois que le Poupon, don, don,

S'il s'y en trouve là, la, la,
Leur tirrera l'oreille.

Mères Bénédictines,
Venez, dépêchez-vous,
Avancez vos Matines,
Pour venir avec nous ;
Venez mêler vos voix
Parmi celles des Anges,
Apportez vos bassons, don, don,
Et vos airs d'opéra, la, la,
Pour chanter ses louanges.

Portant le casque en tête,
Et la cuirasse au dos,
Une Ursule à la fête,
Survint bien à propos ;
On lui mit tout d'abord,
A la main une lance,
Pour garder le Poupon, don, don,
En criant qui va là, la, la,
Qu'en bon ordre on s'avance.

Avec un air modeste,
Cette communauté
Que l'on nomme Céleste,
Admirant la beauté
Que l'on voyait briller
Sur l'Enfant et la Mère,
S'écria : Nous voyons, don, don,
Ce que l'Ange annonça, la, la,
Touchant ce grand Mystère.

Voyez-vous dans la plaine
La Visitation,
Elles courent en centaine
A l'invitation ;

Le cœur tout embrasé,
Paraissant hors d'haleine;
Où les logera-t-on? don, don,
Jamais tout n'entrera, là, la,
L'Etable en serait pleine.

Les Sœurs Hospitalières,
Pleines d'honnêteté,
Jusqu'à leurs mentonnières,
Sentant la propreté;
Vont offrir à l'Enfant
De quoi le mettre à l'aise;
Une belle maison, don, don,
Où rien ne manquera, la, la,
Pourvu qu'elle lui plaise.

Pour remplir leurs Offices,
Les Sœurs du Saint-Esprit
Vont offrir leurs services
Au Père comme au Fils;
Mais ayant vu l'Enfant
Sur le sein de sa Mère,
S'écrièrent. Retournons, don, don,
On n'a pas besoin là, la, la,
De notre ministère.

Les Dames Augustines,
En Congrégation,
Pour former leur doctrine,
Reçoivent les leçons
De ce divin Enfant,
Qui ne fait que de naître;
Leurs constitutions, don, don,
Auront bien de l'éclat, la la,
Venant d'un si bon Maître.

Joseph, dans le silence,
Attentif écoutait,

Ce qu'en reconnaissance
La Vierge leur disait :
Nous vous aurons, mes Sœurs,
Toujours à la mémoire ;
Nous nous rappellerons, don, don,
Dans le temps qu'il faudra, la, la,
Vous placer dans la gloire.

Noël sur l'air : *De Joconde.*

ADAM nos aivo macherai,
J'aivien l'âme si noire
Que n'étains pas digne d'entai
Dans la moison de gloire ;
Je ressemblains enfants, maudis,
Ai dé groin d'écrimoire ;
Ma, grâce ai Jésu, no véqui
Treto nai comme un vore.

Ça vote mor, beau sir Dei,
Qui met l'homme si l'essore ;
Aussi tojor devé Noei
Je pleur ai grosse gotte :
Quand i songe, ai taule esserai,
An mangean de la foiss ;
Qu'éne pomme vos é coutai
Mointe poire d'angoisse.

Pandan lai froidure, en ein coin
De grange délaibrée,
Vo no vené voi su du foin ;
Deu ! quei branne d'entrée !
An croile dô to déchiré,
Le front bodai d'otie.
Antre deu brigan vo meuré ;
Qui branne de sotie !

Noël, sur l'air : *Au guai lanla.*

QUELLE réjouissance
Dans ces beaux lieux
Règne par la naissance
Du Roi des Cieux !
Nos bergers quittent leurs troupeaux,
Et, loin du hameau,
Vont deçà, delà,
Au guai lanla, lanlire, au guai lanla.

Sur le ton le plus tendre,
Parmi les airs,
Les Anges font entendre
Mille concerts :
Pour chanter un bonheur sans prix,
Ces heureux esprits
Chantent *Gloria* !
Au guai lanla, lanlire, au guai lanla.

Voici le jour propice
Où le Seigneur
Veut qu'enfin s'accomplisse
Notre bonheur :
Des prophètes cent et cent fois
Empruntant la voix,
Il nous l'annonça
Au guai lanla, lanlire, au guai lanla.

Quand la fatale pomme
Nous perdit tous,
Dieu ne regarda l'homme
Qu'avec courroux :
Sa justice éclata d'abord;
Mais l'amour plus fort
Bientôt l'emporta,
Au guai lanla, lanlire, au guai lanla.

Satan, plein de furie,
Par nos concerts,
Frémit, menace, crie
Dans les Enfers :
Redoublons nos douces chansons ;
Plus nous chanterons,
Plus il frémira :
Au guai lanla, lanlire, au guai lanla.

Noël, sur l'air : *Conditor alme Siderum.*

PLAINES, bois, arbres, arbrisseaux,
Feuilles, fleurs, fruits, coulants ruisseaux,
Prés, fontaines, petits oiseaux,
Lieux d'alentour, plaisants et beaux,
   Vous retracez le Paradis
Où le premier homme fut mis,
Jardin le plus délicieux
Qu'on ait jamais vu sous les Cieux.
   Ce beau lieu, dans chaque saison,
Produisait des fruits à foison,
Sans que jamais il fût besoin
Ni de culture ni de soin.
   Parmi tous ces excellents fruits,
Que le Seigneur avait produits,
Un arbre de vie au milieu
Faisait l'ornement de ce lieu.
   Il en était un autre auprès
Que Dieu voulut nommer exprès
Science du bien et du mal,
Duquel le fruit nous fut fatal.
   Car quoique Adam eût entendu
Que Dieu lui avait défendu

D'en manger très-expressément,
Sous peine d'un grand châtiment.

Il en voulut pourtant manger,
Sans considérer le danger
Auquel il nous exposait tous,
Irritant le divin courroux.

Mais après un si grand malheur,
Dieu veut encore notre bonheur :
Il nous donne son tendre fils
Pour nous rouvrir le paradis.

Célébrons donc avec ardeur
La bonté de ce Rédempteur,
Et par le plus tendre retour,
Satisfaisons à son amour.

Noël sur l'air : *Au clair de la lune, mon ami Pierrot.*

QUE vos douces larmes,
Adorable Enfant,
Sont de fortes armes !
Ah ! mon cœur s'y rend :
Que le siècle étale
Tous ses agréments,
Rien en lui n'égale
Vos gémissements.

Cesse de prétendre,
Monde, sur mon cœur,
Je viens de le rendre
A ce Dieu Sauveur ;
Dans son indigence
Il comble mes vœux,
Et ton opulence
Fait des malheureux.

Quelle est ta tendresse

Pour tes sectateurs !
Tu leur fais sans cesse
Sentir tes rigueurs.
En est-il de même
De mon doux Jésus ?
Non, car si je l'aime,
Il m'aime encore plus.
    Que depuis l'aurore
Jusques au couchant,
Tout cœur vous adore,
O divin Enfant ;
Et que de ses flammes,
Votre saint amour
Embrase nos âmes
En cet heureux jour.

Noël sur l'air : *Oh ! le nigaud !*

Sortez, Bergers, de vos retraites,
  Accourez au prochain hameau,
Et célébrez sur vos musettes,
La naissance d'un Roi nouveau ;
Ecoutez les Anges
Chanter ses louanges,
Et dire qu'un Dieu tout-puissant
S'est fait enfant.   *bis.*

  Les Rois du plus lointain rivage,
Chargés d'or, de myrrhe et d'encens,
Lui viennent rendre leur hommage ;
Ils l'attendaient depuis longtemps ;
Ils vont reconnaître
Leur souverain Maître
Qui, dans un état indigent,
N'est qu'un enfant.   *bis.*

Hérode, quelle est ta furie ?
Tu condamnes ce nouveau-né :
Mille innocents perdront la vie,
Tant tu crains d'être détrôné ;
Quelle injuste haine !
Que ta crainte est vaine !
Est-ce à ton sceptre qu'il prétend ?
C'est un enfant.   *bis.*

 C'est lui qui donne les couronnes,
L'Univers reconnaît ses lois,
Il fait descendre de leurs trônes
A son gré, les plus puissants Rois.
Son bras sur la terre
Lance lè tonnerre ;
Mais dans un état différent,
C'est un enfant.   *bis.*

 Quel est l'homme à qui Dieu révèle
Ce mystère de sa bonté :
Comment sa nature éternelle
S'unit à notre humanité ?
C'est au seul fidèle
Plein d'amour, de zèle,
Qui porte un cœur pur, innocent,
Comme un enfant.   *bis.*

DIALOGUE D'UNE BERGÈRE ET DE PLUSIEURS
BERGERS. Air : *J'ai l'humeur gaie*, etc.

La Bergère.

J'AI l'humeur gaie ; je ris et suis joyeuse ;
 De m'affliger n'aurais-je pas grand tort ?
J'ai vu mon Dieu qui vient me rendre heureuse,
Et vaincre l'Enfer et la Mort.

Courez-y tous, Bergers, sortez des plaines ;
N'oubliez pas vos flûtes et chalumeaux :
Jésus naissant vient pour briser nos chaînes,
Et nous délivrer de nos maux.

Les Bergers.

Partons, Bergers, sans tarder davantage,
Pour adorer notre Roi , notre Dieu :
Il naît pour nous tirer d'esclavage ;
Bergère , enseignez-nous ce lieu.

La Bergère.

Regardez bien cette étoile éclatante
Et suivez-la , entrez dans ce hameau,
Vous y verrez une Mère charmante ,
Allaiter cet Enfant nouveau.

Les Bergers.

Par nos concerts célébrons la naissance
De notre Roi, le premier des Pasteurs ;
Dans ce lieu, par notre réjouissance,
Exprimons la joie de nos cœurs.

En entrant dans l'Etable.

Nous le voyons, ce Poupon adorable
Couché tout nu entre deux animaux ;
Quelle bonté, naissant dans une étable,
D'endurer tant de maux.

Vous soupirez, nous en sommes la cause ;
Pour nos péchés vous souffrez ces douleurs :
Le fils de Dieu sur la paille repose ;
Nous lui causons tous ces malheurs.

Tous prosternés à vos pieds, divin Maître,
Vous adorant, nous vous offrons nos cœurs ;
Recevez-les , et faites leur connaître,
Qu'on ne doit aimer qu'un Sauveur.

FIN

www.ingramcontent.com/pod-product-compliance
Lightning Source LLC
Chambersburg PA
CBHW061716180626
46818CB00003B/1392